OURIKA.

This is to be alone, this, this
is solitude !

Byron.

INTRODUCTION.

J'ÉTAIS arrivé depuis peu de mois de Montpellier, et je suivais à Paris la profession de la médecine, lorsque je fus appelé un matin au faubourg Saint-Jacques, pour voir dans un couvent une jeune religieuse malade. L'empereur Napoléon avait permis depuis peu le rétablissement de quelques-uns de ces couvens : celui où je me rendais était destiné à l'éducation de la jeunesse, et appartenait à l'ordre des Ursulines. La révolution avait ruiné une

A *

partie de l'édifice ; le cloître était
à découvert d'un côté par la dé-
molition de l'antique église, dont
on ne voyait plus que quelques
arceaux. Une religieuse m'intro-
duisit dans ce cloître, que nous
traversâmes en marchant sur de
longues pierres plates, qui for-
maient le pavé de ces galeries :
je m'aperçus que c'étaient des
tombes, car elles portaient toutes
des inscriptions pour la plupart
effacées par le temps. Quelques-
unes de ces pierres avaient été
brisées pendant la révolution : la
sœur me le fit remarquer, en me
disant qu'on n'avait pas encore eu
le temps de les réparer. Je n'avais
jamais vu l'intérieur d'un couvent;

ce spectacle était tout nouveau pour moi. Du cloître nous passâmes dans le jardin, où la religieuse me dit qu'on avait porté la sœur malade : en effet, je l'aperçus à l'extrémité d'une longue allée de charmille ; elle était assise, et son grand voile noir l'enveloppait presque toute entière. « Voici le » médecin », dit la sœur, et elle s'éloigna au même moment. Je m'approchai timidement, car mon cœur s'était serré en voyant ces tombes, et je me figurais que j'allais contempler une nouvelle victime des cloîtres : les préjugés de ma jeunesse venaient de se réveiller, et mon intérêt s'exaltait pour celle que j'allais visiter, en proportion du genre de malheur que je lui supposais. Elle se tourna vers moi, et je fus étrangement surpris en apercevant une né-gresse! Mon étonnement s'accrut encore par la politesse de son accueil et le choix des expressions dont elle se servait. « Vous venez » voir une personne bien malade, » me dit-elle : à présent je desire » guérir; mais je ne l'ai pas tou-» jours souhaité, et c'est peut-être » ce qui m'a fait tant de mal. » Je la questionnai sur sa maladie. « J'éprouve, me dit-elle, une op-» pression continuelle; je n'ai plus » de sommeil, et la fièvre ne me » quitte pas. » Son aspect ne confirmait que trop cette triste description de son état ; sa maigreur était excessive, ses yeux brillans et fort grands, ses dents, d'une blancheur éblouissante, éclairaient seuls sa physionomie; l'ame vivait encore, mais le corps était détruit, et elle portait toutes les marques d'un long et violent chagrin. Touché au - delà de l'expression, je résolus de tout tenter pour la sauver; je commençai à lui parler de la nécessité de calmer son imagination, de se distraire, d'éloigner des sentimens pénibles. « Je suis heureuse, me dit-elle ; » jamais je n'ai éprouvé tant de » calme et de bonheur. » L'accent de sa voix était sincère ; cette douce voix ne pouvait tromper ; mais mon étonnement s'accroissait à chaque instant. « Vous n'avez pas toujours » pensé ainsi, lui dis-je, et vous » portez la trace de bien longues » souffrances. — Il est vrai, dit- » elle, j'ai trouvé bien tard le re- » pos de mon cœur; mais à présent » je suis heureuse. — Eh bien! s'il » en est ainsi, repris-je, c'est le » passé qu'il faut guérir; espérons » que nous en viendrons à bout : » mais ce passé, je ne puis le gué- » rir sans le connaître. — Hélas! » répondit-elle, ce sont des folies!» En prononçant ces mots, une larme vint mouiller le bord de sa pau- pière. « Et vous dites que vous êtes »heureuse! m'écriai-je. — Oui, je »le suis, reprit-elle avec fermeté,

»et je ne changerais pas mon bon-
»heur contre le sort qui m'a fait
»autrefois tant d'envie. Je n'ai
»point de secret : mon malheur,
»c'est l'histoire de toute ma vie.
»J'ai tant souffert jusqu'au jour
»où je suis entrée dans cette mai-
»son, que peu à peu ma santé s'est
»ruinée. Je me sentais dépérir avec
»joie ; car je ne voyais dans l'ave-
»nir aucune espérance. Cette pen-
»sée était bien coupable ! vous le
»voyez, j'en suis punie ; et lors-
»que enfin je souhaite de vivre ,
»peut-être que je ne le pourrai
»plus. » Je la rassurai , je lui donnai des espérances de guérison
prochaine ; mais en prononçant ces
paroles consolantes, en lui promet-

tant la vie, je ne sais quel triste pressentiment m'avertissait qu'il était trop tard et que la mort avait marqué sa victime.

Je revis plusieurs fois cette jeune religieuse; l'intérêt que je lui montrais parut la toucher. Un jour, elle revint d'elle-même au sujet où je desirais la conduire. «Les chagrins que j'ai éprou-» vés, dit-elle, doivent paraître si » étranges, que j'ai toujours senti » une grande répugnance à les » confier : il n'y a point de juge » des peines des autres, et les » confidens sont presque toujours » des accusateurs. — Ne craignez » pas cela de moi, lui dis-je; je » vois assez le ravage que le cha-

» grin a fait en vous pour croire
» le vôtre sincère. — Vous le trou-
» verez sincère, dit - elle ; mais il
» vous paraîtra déraisonnable. —
» Et en admettant ce que vous
» dites, repris - je, cela exclut - il
» la sympathie ? — Presque tou-
» jours.... répondit - elle : cepen-
» dant, si, pour me guérir, vous
» avez besoin de connaître les
» peines qui ont détruit ma santé,
» je vous les confierai quand
» nous nous connaîtrons un peu
» davantage. »

Je rendis mes visites au couvent de plus en plus fréquentes ;
le traitement que j'indiquai parut
produire quelque effet. Enfin,
un jour de l'été dernier, la re-

trouvant seule dans le même berceau, sur le même banc où je l'avais vue la première fois, nous reprîmes la même conversation, et elle me conta ce qui suit.

OURIKA.

Je fus rapportée du Sénégal, à l'âge de deux ans, par M. le chevalier de B., qui en était gouverneur. Il eut pitié de moi, un jour qu'il voyait embarquer des esclaves sur un bâtiment négrier qui allait bientôt quitter le port : ma mère était morte, et on m'emportait dans le vaisseau malgré mes cris. M. de B. m'acheta, et, à son arrivée en France, il me donna à Mme la maréchale de B. sa tante, la personne la plus aimable de son temps, et celle qui sut réunir aux qualités les plus élevées la bonté la plus touchante.

Me sauver de l'esclavage, me choisir pour bienfaitrice Mme de B., c'était me donner deux fois la vie : je fus ingrate envers la Providence en n'étant point heureuse ; et cependant le bonheur résulte-t-il toujours de ces dons de l'intelligence ? Je croirais plutôt le contraire : il faut payer le bienfait de savoir par le desir d'ignorer ; et la fable ne nous dit pas si Galatée trouva le bonheur après avoir reçu la vie.

Je ne sus que long-temps après l'histoire des premiers jours de mon enfance. Mes plus anciens souvenirs ne me retracent que le

salon de Mme de B. ; j'y passais
ma vie, aimée d'elle, caressée,
gâtée par tous ses amis, accablée
de présens, vantée, exaltée comme
l'enfant le plus spirituel et le plus
aimable.

Le ton de cette société était l'engouement, mais un engouement
dont le bon goût savait exclure
tout ce qui ressemblait à l'exagé-
ration : on louait tout ce qui pré-
tait à la louange, on excusait tout
ce qui prêtait au blâme, et souvent,
par une adresse encore plus aimable, on transformait en qualités les défauts mêmes. Le succès
donne du courage ; on valait près
de Mme de B. tout ce qu'on pouvait valoir, et peut-être un peu

plus, car elle prêtait quelque chose d'elle à ses amis sans s'en douter elle - même ; en la voyant, en l'écoutant, on croyait lui ressembler.

Vêtue à l'orientale, assise aux pieds de Mme de B., j'écoutais, sans la comprendre encore, la conversation des hommes les plus distingués de ce temps-là. Je n'avais rien de la turbulence des enfans ; j'étais pensive avant de penser, j'étais heureuse à côté de Mme de B. : aimer, pour moi c'était être là, c'était l'entendre, lui obéir, la regarder sur-tout; je ne desirais rien de plus. Je ne pouvais m'étonner de vivre au milieu du luxe, de n'être entourée que des personnes les plus spirituelles et les plus aimables; je ne connaissais pas autre chose : mais, sans le savoir, je prenais un grand dédain pour tout ce qui n'était pas ce monde où je passais ma vie. Le bon goût est à l'esprit ce qu'une oreille juste est aux sons. Encore toute enfant, le manque de goût me blessait; je le sentais avant de pouvoir le définir, et l'habitude me l'avait rendu comme nécessaire. Cette disposition eût été dangereuse si j'avais eu un avenir; mais je n'avais pas d'avenir, et je ne m'en doutais pas.

J'arrivai jusqu'à l'âge de douze ans sans avoir eu l'idée qu'on pouvait être heureuse autrement que

B

je ne l'étais. Je n'étais pas fâchée d'être une négresse : on me disait que j'étais charmante ; d'ailleurs rien ne m'avertissait que ce fût un désavantage : je ne voyais presque pas d'autres enfans ; un seul était mon ami, et ma couleur noire ne l'empêchait pas de m'aimer.

Ma bienfaitrice avait deux pe-tits-fils, enfans d'une fille qui était morte jeune. Charles, le cadet, était à-peu-près de mon âge. Élevé avec moi, il était mon protecteur, mon conseil et mon soutien dans toutes mes petites fautes. A sept ans, il alla au collége : je pleurai en le quittant ; ce fut ma première peine. Je pensais souvent à lui, mais je ne le voyais presque plus.

Il étudiait, et moi, de mon côté, j'apprenais, pour plaire à Mme de B., tout ce qui devait former une éducation parfaite. Elle voulut que j'eusse tous les talens : j'avais de la voix, les maîtres les plus habiles l'exercèrent ; j'avais le goût de la peinture, et un peintre célèbre, ami de Mme de B., se chargea de diriger mes efforts ; j'appris l'anglais, l'italien, et Mme de B. elle-même s'occupait de mes lectures. Elle guidait mon esprit, formait mon jugement : en causant avec elle, en découvrant tous les trésors de son ame, je sentais la mienne s'élever, et c'était l'admiration qui m'ouvrait les voies de l'intelligence. Hélas ! je ne prévoyais pas que ces douces études seraient suivies de jours si amers : je ne pensais qu'à plaire à Mme de B. ; un sourire d'approbation sur ses lèvres était tout mon avenir.

Cependant des lectures multipliées, celles des poëtes sur-tout, commençaient à occuper ma jeune imagination ; mais sans but, sans projet, je promenais au hasard mes pensées errantes, et, avec la confiance de mon jeune âge, je me disais que Mme de B. saurait bien me rendre heureuse : sa tendresse pour moi, la vie que je menais, tout prolongeait mon erreur et autorisait mon aveuglement. Je vais vous donner un

exemple des soins et des préfé-
rences dont j'étais l'objet.

Vous aurez peut-être de la peine
à croire, en me voyant aujour-
d'hui, que j'aie été citée pour l'é-
légance et la beauté de ma taille.
Mme de B. vantait souvent ce
qu'elle appelait ma grâce, et elle
avait voulu que je susse parfaite-
ment danser. Pour faire briller ce
talent, ma bienfaitrice donna un
bal dont ses petits-fils furent le
prétexte, mais dont le véritable
motif était de me montrer fort à
mon avantage dans un quadrille
des quatre parties du monde où
je devais représenter l'Afrique.
On consulta les voyageurs, on
feuilleta les livres de costumes,

on lut des ouvrages savans sur la musique africaine, enfin on choisit une *Comba*, danse nationale de mon pays. Mon danseur mit un crêpe sur son visage : hélas ! je n'eus pas besoin d'en mettre sur le mien ; mais je ne fis pas alors cette réflexion : toute entière au plaisir du bal, je dansai la comba, et j'eus tout le succès qu'on pouvait attendre de la nouveauté du spectacle et du choix des spectateurs, dont la plupart, amis de Mme de B., s'enthousiasmaient pour moi, et croyaient lui faire plaisir en se laissant aller à toute la vivacité de ce sentiment. La danse d'ailleurs était piquante; elle se composait d'un mélange d'attitudes et de pas mesurés; on y peignait l'amour, la douleur, le triomphe et le désespoir. Je ne connaissais encore aucun de ces mouvemens violens de l'ame; mais je ne sais quel instinct me les faisait deviner; enfin je réussis. On m'applaudit, on m'entoura, on m'accabla d'éloges : ce plaisir fut sans mélange; rien ne troublait alors ma sécurité. Ce fut peu de jours après ce bal qu'une conversation, que j'entendis par hasard, ouvrit mes yeux et finit ma jeunesse.

Il y avait dans le salon de Mme de B. un grand paravent de laque. Ce paravent cachait une porte; mais il s'étendait aussi près d'une des fenêtres, et entre le paravent et la fenêtre, se trouvait une table où je dessinais quelquefois. Un jour, je finissais avec application une miniature : absorbée par mon travail, j'étais restée long-temps immobile, et sans doute Mme de B. me croyait sortie, lorsqu'on annonça une de ses amies, la marquise de.... C'était une personne d'une raison brusque, d'un esprit tranchant, positive jusqu'à la sécheresse ; elle portait ce caractère dans l'amitié : les sacrifices ne lui coûtaient rien pour le bien et pour l'avantage de ses amis ; mais elle leur faisait payer cher ce grand attachement. Inquisitive et difficile, son exigence égalait son dévouement, et elle était la moins aimable des amies de M.me de B. Je la craignais, quoiqu'elle fût bonne pour moi ; mais elle l'était à sa manière : examiner, et même assez sévèrement, était pour elle un signe d'intérêt. Hélas ! j'étais si accoutumée à la bienveillance, que la justice me semblait toujours redoutable. « Pendant que nous » sommes seules, dit M.me de.... » à M.me de B., je veux vous par- » ler d'Ourika : elle devient char- » mante, son esprit est tout-à-fait » formé, elle causera comme vous, » elle est pleine de talens, elle est » piquante, naturelle ; mais que » deviendra-t-elle ? et enfin qu'en » ferez-vous ? — Hélas ! dit M.me

» de B. , cette pensée m'occupe
» souvent, et, je vous l'avoue, tou-
» jours avec tristesse : je l'aime
» comme si elle était ma fille ; je
» ferais tout pour la rendre heu-
» reuse ; et cependant , lorsque
» je réfléchis à sa position, je la
» trouve sans remède. Pauvre Ou-
» rika ! je la vois seule, pour tou-
» jours seule dans la vie ! »

Il me serait impossible de vous
peindre l'effet que produisit en
moi ce peu de paroles ; l'éclair
n'est pas plus prompt : je vis tout,
je me vis négresse, dépendante,
méprisée, sans fortune, sans appui , sans un être de mon espèce
à qui unir mon sort, jusqu'ici un
jouet, un amusement pour ma

bienfaitrice, bientôt rejetée d'un monde où je n'étais pas faite pour être admise. Une affreuse palpitation me saisit, mes yeux s'obscurcirent, le battement de mon cœur m'ôta un instant la faculté d'écouter encore ; enfin je me remis assez pour entendre la suite de cette conversation.

« Je crains, disait M.me de...., » que vous ne la rendiez mal- » heureuse. Que voulez-vous qui » la satisfasse, maintenant qu'elle » a passé sa vie dans l'intimité » de votre société ? — Mais elle » y restera, dit M.me de B. — » Oui, reprit M.me de...., tant » qu'elle est un enfant : mais elle » a quinze ans. A qui la marierez-

» vous, avec l'esprit qu'elle a et
» l'éducation que vous lui avez
» donnée ? Qui voudra jamais
» épouser une négresse? Et si,
» à force d'argent, vous trouvez
» quelqu'un qui consente à avoir
» des enfans nègres, ce sera un
» homme d'une condition infé-
» rieure, et avec qui elle se trou-
» vera malheureuse. Elle ne peut
» vouloir que de ceux qui ne vou-
» dront pas d'elle. — Tout cela
» est vrai, dit Mme de B. ; mais
» heureusement elle ne s'en doute
» point encore, et elle a pour moi
» un attachement qui, j'espère,
» la préservera long-temps de ju-
» ger sa position. Pour la rendre
» heureuse, il eût fallu en faire

» une personne commune : je crois
» sincèrement que cela était im-
» possible. Eh bien ! peut - être
» sera-t-elle assez distinguée pour
» se placer au-dessus de son sort,
» n'ayant pu rester au-dessous. —
» Vous vous faites des chimères, dit
» Mme de…. : la philosophie nous
» place au-dessus des maux de la
» fortune ; mais elle ne peut rien
» contre les maux qui viennent
» d'avoir brisé l'ordre de la nature.
» Ourika n'a pas rempli sa desti-
» née : elle s'est placée dans la so-
» ciété sans sa permission ; la so-
» ciété se vengera. — Assuré-
» ment, dit Mme de B., elle est
» bien innocente de ce crime :
» mais vous êtes sévère pour cette

» pauvre enfant. —— Je lui veux
» plus de bien que vous, reprit
» Mme de....; je desire son bon-
» heur, et vous la perdez. » Mme de
B. répondit avec impatience, et
j'allais être la cause d'une querelle
entre les deux amies, quand on
annonça une visite : je me glissai
derrière le paravent ; je m'échap-
pai ; je courus dans ma chambre,
où un déluge de larmes soulagea
un instant mon pauvre cœur.

C'était un grand changement
dans ma vie, que la perte de ce
prestige qui m'avait environnée
jusqu'alors ! Il y a des illusions
qui sont comme la lumière du
jour ; quand on les perd, tout
disparaît avec elles. Dans la con-

fusion des nouvelles idées qui m'assaillaient, je ne retrouvais plus rien de ce qui m'avait occupée jusqu'alors : c'était un abime avec toutes ses terreurs. Ce mépris dont je me voyais poursuivie ; cette société où j'étais déplacée ; cet homme qui, à prix d'argent, consentirait peut-être que ses enfans fussent nègres ! toutes ces pensées s'élevaient successivement comme des fantômes et s'attachaient sur moi comme des furies : l'isolement sur - tout ; cette conviction que j'étais seule, pour toujours seule dans la vie, Mme de B. l'avait dit ; et à chaque instant je me répétais, seule ! pour toujours seule ! La veille encore, que m'importait d'être seule? je n'en savais rien; je ne le sentais pas; j'avais besoin de ce que j'aimais, je ne songeais pas que ce que j'aimais n'avait pas besoin de moi. Mais à présent, mes yeux étaient ouverts, et le malheur avait déjà fait entrer la défiance dans mon ame.

Quand je revins chez Mme de B., tout le monde fut frappé de mon changement; on me questionna: je dis que j'étais malade; on le crut. Mme de B. envoya chercher Barthez, qui m'examina avec soin, me tâta le pouls, et dit brusquement que je n'avais rien. Mme de B. se rassura, et essaya de me distraire et de m'amuser. Je n'ose dire combien j'étais ingrate pour ces soins de ma bienfaitrice; mon ame s'était comme resserrée en elle-même. Les bienfaits qui sont doux à re- eevoir, sont ceux dont le cœur s'acquitte : le mien était rempli d'un sentiment trop amer pour se ré- pandre au dehors. Des combinai- sons infinies des mêmes pensées occupaient tout mon temps; elles se reproduisaient sous mille for- mes différentes : mon imagination leur prêtait les couleurs les plus sombres; souvent mes nuits en- tières se passaient à pleurer. J'é- puisais ma pitié sur moi-même; ma figure me faisait horreur, je n'osais plus me regarder dans une glace; lorsque mes yeux se por-

taient sur mes mains noires, je
croyais voir celles d'un singe; je
m'exagérais ma laideur, et cette
couleur me paraissait comme le
signe de ma réprobation; c'est elle
qui me séparait de tous les êtres
de mon espèce, qui me condam-
nait à être seule, toujours seule!
jamais aimée! Un homme, à prix
d'argent, consentirait peut-être
que ses enfans fussent nègres!
Tout mon sang se soulevait d'in-
dignation à cette pensée. J'eus
un moment l'idée de demander à
Mme de B. de me renvoyer dans
mon pays; mais là encore j'aurais
été isolée : qui m'aurait entendue,
qui m'aurait comprise! Hélas! je
n'appartenais plus à personne;

j'étais étrangère à la race humaine toute entière !

Ce n'est que bien long-temps après que je compris la possibilité de me résigner à un tel sort. Mme de B. n'était point dévote ; je devais à un prêtre respectable, qui m'avait instruite pour ma première communion, ce que j'avais de sentimens religieux. Ils étaient sincères comme tout mon caractère ; mais je ne savais pas que, pour être profitable, la piété a besoin d'être mêlée à toutes les actions de la vie : la mienne avait occupé quelques instans de mes journées ; mais elle était demeurée étrangère à tout le reste. Mon confesseur était un saint vieillard, peu soupçonneux ; je le voyais deux ou trois fois par an, et, comme je n'imaginais pas que des chagrins fussent des fautes, je ne lui parlais pas de mes peines. Elles altéraient sensiblement ma santé ; mais, chose étrange ! elles perfectionnaient mon esprit. Un sage d'Orient a dit : « Celui qui » n'a pas souffert, que sait-il ? » Je vis que je ne savais rien avant mon malheur ; mes impressions étaient toutes des sentimens ; je ne jugeais pas, j'aimais : les discours, les actions, les personnes plaisaient ou déplaisaient à mon cœur. A présent, mon esprit s'était séparé de ces mouvemens involontaires : le chagrin est comme l'éloignement, il fait juger l'ensemble des objets. Depuis que je me sentais étrangère à tout, j'étais devenue plus difficile, et j'examinais, en le critiquant, presque tout ce qui m'avait plu jusqu'alors.

Cette disposition ne pouvait échapper à Mme de B.; je n'ai jamais su si elle en devina la cause. Elle craignait peut - être d'exalter ma peine en me permettant de la confier : mais elle me montrait encore plus de bonté que de coutume; elle me parlait avec un entier abandon, et, pour me distraire de mes chagrins, elle m'occupait de ceux qu'elle avait elle-même. Elle jugeait bien mon cœur ; je ne pouvais en effet me rattacher à la vie que par l'idée d'être nécessaire ou du moins utile à ma bienfaitrice. La pensée qui me poursuivait le plus, c'est que j'étais isolée sur la terre, et que je pouvais mourir sans laisser de regrets dans le cœur de personne. J'étais injuste pour Mme de B. ; elle m'aimait, elle me l'avait assez prouvé : mais elle avait des intérêts qui passaient bien avant moi. Je n'enviais pas sa tendresse à ses petits-fils, sur-tout à Charles ; mais j'aurais voulu pouvoir dire comme eux : Ma mère !

Les liens de famille sur - tout me faisaient faire des retours bien douloureux sur moi-même, moi qui jamais ne devais être la sœur, la femme, la mère de personne! Je me figurais dans ces liens plus de douceur qu'ils n'en ont peut-être, et je négligeais ceux qui m'étaient permis, parce que je ne pouvais atteindre à ceux-là. Je n'avais point d'amie, personne n'avait ma confiance : ce que j'avais pour Mme de B. était plutôt un culte qu'une affection; mais je crois que je sentais pour Charles tout ce qu'on éprouve pour un frère.

Il était toujours au collége, qu'il allait bientôt quitter pour commencer ses voyages. Il partait avec son frère aîné et son gouverneur, et ils devaient visiter l'Allemagne, l'Angleterre et l'Italie; leur absence devait durer deux ans. Charles était charmé de partir; et moi je ne fus affligée qu'au dernier moment : car j'étais toujours bien aise de ce qui lui faisait plaisir. Je ne lui avais rien dit de toutes les idées qui m'occupaient; je ne le voyais jamais seul, et il m'aurait fallu bien du temps pour lui expliquer ma peine : je suis sûre qu'alors il m'aurait comprise. Mais il avait, avec son air doux et grave, une disposition à la moquerie, qui me rendait timide : il est vrai qu'il ne l'exerçait guère que sur les ridicules de l'affectation; tout ce qui était sincère le désarmait. Enfin je ne lui dis rien. Son départ, d'ailleurs, était une distraction, et je crois que cela me faisait du bien de m'affli-ger d'autre chose que de ma dou-leur habituelle.

Ce fut peu de temps après le départ de Charles, que la révolu-tion prit un caractère plus sérieux : je n'entendais parler tout le jour, dans le salon de Mme de B., que des grands intérêts moraux et po-litiques que cette révolution re-mua jusque dans leur source ; ils se rattachaient à ce qui avait occupé les esprits supérieurs de tous les temps. Rien n'était plus capable d'étendre et de former mes idées, que le spectacle de

D

cette arène où des hommes distingués remettaient chaque jour
en question tout ce qu'on avait
pu croire jugé jusqu'alors. Ils ap-
profondissaient tous les sujets,
remontaient à l'origine de toutes
les institutions, mais trop souvent pour tout ébranler et pour
tout détruire.

Croiriez-vous que, jeune comme
j'étais, étrangère à tous les intérêts de la société, nourrissant à
part ma plaie secrète, la révolution apporta un changement dans
mes idées, fit naître dans mon
cœur quelques espérances et sus-
pendit un moment mes maux ?
tant on cherche vîte ce qui peut
consoler ! J'entrevis donc que,

dans ce grand désordre, je pourrais trouver ma place; que toutes les fortunes renversées, tous les rangs confondus, tous les préjugés évanouis, ameneraient peut-être un état de choses où je serais moins étrangère; et que si j'avais quelque supériorité d'ame, quelque qualité cachée, on l'apprécierait lorsque ma couleur ne m'isolerait plus au milieu du monde, comme elle avait fait jusqu'alors. Mais il arriva que ces qualités mêmes que je pouvais me trouver, s'opposèrent vîte à mon illusion : je ne pus desirer long-temps beaucoup de mal pour un peu de bien personnel. D'un autre côté, j'apercevais les ridicules de ces personnages qui voulaient maîtriser les événemens ; je jugeais les petitesses de leurs caractères, je devinais leurs vues secrètes ; bientôt leur fausse philanthropie cessa de m'abuser, et je renonçai à l'espérance, en voyant qu'il resterait encore assez de mépris pour moi au milieu de tant d'adversités. Cependant je m'intéressais toujours à ces discussions animées ; mais elles ne tardèrent pas à perdre ce qui faisait leur plus grand charme. Déjà le temps n'était plus où l'on ne songeait qu'à plaire, et où la première condition pour y réussir était l'oubli des succès de son amour-propre : lorsque la révolution cessa d'être une belle théorie et qu'elle toucha aux intérêts intimes de chacun, les conversations dégénérèrent en disputes, et l'aigreur, l'amertume et les personnalités prirent la place de la raison. Quelquefois, malgré ma tristesse, je m'amusais de toutes ces violentes opinions, qui n'étaient, au fond, presque jamais que des prétentions, des affectations ou des peurs : mais la gaieté qui vient de l'observation des ridicules, ne fait pas de bien ; il y a trop de malignité dans cette gaieté, pour qu'elle puisse réjouir le cœur qui ne se plaît que dans les joies innocentes. On peut avoir cette gaieté moqueuse, sans cesser d'être malheureux ; peut-être même le malheur rend-il plus susceptible de l'éprouver, car l'amertume dont l'ame se nourrit fait l'aliment habituel de ce triste plaisir.

L'espoir sitôt détruit que m'avait inspiré la révolution, n'avait point changé la situation de mon ame ; toujours mécontente de mon sort, mes chagrins n'étaient adoucis que par la confiance et les bontés de Mme de B. Quelquefois, au milieu de ces conversations politiques dont elle ne pouvait réussir à calmer l'aigreur, elle me regardait tristement ; ce regard était un baume pour mon cœur ; il semblait me dire : Ourika, vous seule m'entendez !

On commençait à parler de la
liberté des nègres : il était impossible que cette question ne me
touchât pas vivement ; c'était une
illusion que j'aimais encore à me
faire, qu'ailleurs, du moins, j'a-
vais des semblables : comme ils
étaient malheureux, je les croyais
bons, et je m'intéressais à leur
sort. Hélas! je fus promptement
détrompée ! Les massacres de
Saint-Domingue me causèrent une
douleur nouvelle et déchirante :
jusqu'ici je m'étais affligée d'ap-
partenir à une race proscrite ;
maintenant j'avais honte d'appar-
tenir à une race de barbares et
d'assassins.

Cependant la révolution faisait

des progrès rapides ; on s'effrayait en voyant les hommes les plus violens s'emparer de toutes les places. Bientôt il parut que ces hommes étaient décidés à ne rien respecter : les affreuses journées du 20 juin et du 10 août durent préparer à tout. Ce qui restait de la société de Mme de B. se dispersa à cette époque : les uns fuyaient les persécutions dans les pays étrangers ; les autres se cachaient ou se retiraient en province. Mme de B. ne fit ni l'un ni l'autre ; elle était fixée chez elle par l'occupation constante de son cœur : elle resta avec un souvenir et près d'un tombeau.

Nous vivions depuis quelques

mois dans la solitude, lorsque, à la fin de l'année 1792, parut le décret de confiscation des biens des émigrés. Au milieu de ce désastre général, M.me de B. n'aurait pas compté la perte de sa fortune, si elle n'eût appartenu à ses petits-fils; mais, par des arrangemens de famille, elle n'en avait que la jouissance. Elle se décida donc à faire revenir Charles, le plus jeune des deux frères, et à envoyer l'aîné, âgé de près de vingt ans, à l'armée de Condé. Ils étaient alors en Italie, et achevaient ce grand voyage, entrepris, deux ans auparavant, dans des circonstances bien différentes. Charles arriva à Paris au commencement de février 1793, peu de temps après la mort du Roi.

Ce grand crime avait causé à Mme de B. la plus violente douleur ; elle s'y livrait toute entière, et son ame était assez forte pour proportionner l'horreur du forfait à l'immensité du forfait même. Les grandes douleurs, dans la vieillesse, ont quelque chose de frappant : elles ont pour elles l'autorité de la raison. Mme de B. souffrait avec toute l'énergie de son caractère ; sa santé en était altérée, mais je n'imaginais pas qu'on pût essayer de la consoler, ou même de la distraire. Je pleurais, je m'unissais à ses sentimens, j'essayais d'élever mon ame

pour la rapprocher de la sienne,
pour souffrir du moins autant
qu'elle et avec elle.

Je ne pensai presque pas à mes
peines, tant que dura la terreur;
j'aurais eu honte de me trouver
malheureuse en présence de ces
grandes infortunes : d'ailleurs, je
ne me sentois plus isolée depuis
que tout le monde était malheureux. L'opinion est comme une
patrie; c'est un bien dont on jouit
ensemble ; on est frère pour la
soutenir et pour la défendre. Je
me disais quelquefois que moi,
pauvre négresse, je tenais pourtant à toutes les ames élevées, par
le besoin de la justice que j'éprouvais en commun avec elles : le jour

du triomphe de la vertu et de la
vérité serait un jour de triomphe
pour moi comme pour elles : mais,
hélas ! ce jour était bien loin.

Aussitôt que Charles fut arrivé,
Mme de B. partit pour la campagne.
Tous ses amis étaient cachés ou
en fuite ; sa société se trouvait
presque réduite à un vieil abbé
que, depuis dix ans, j'entendais
tous les jours se moquer de la
religion, et qui à présent s'irritait
qu'on eût vendu les biens du cler-
gé, parce qu'il y perdait vingt
mille livres de rente. Cet abbé
vint avec nous à Saint-Germain.
Sa société était douce, ou plutôt
elle était tranquille : car son calme
n'avait rien de doux ; il venait de

la tournure de son esprit, plutôt
que de la paix de son cœur.

Mme de B. avait été toute sa
vie dans la position de rendre
beaucoup de services : liée avec
M. de Choiseul, elle avait pu,
pendant ce long ministère, être
utile à bien des gens. Deux des
hommes les plus influens pendant
la terreur avaient des obligations
à Mme de B.; ils s'en souvinrent
et se montrèrent reconnaissans.
Veillant sans cesse sur elle, ils ne
permirent pas qu'elle fût atteinte;
ils risquèrent plusieurs fois leurs
vies pour dérober la sienne aux
fureurs révolutionnaires : car on
doit remarquer qu'à cette époque
funeste, les chefs mêmes des partis

les plus violens ne pouvaient faire un peu de bien sans danger ; il semblait que, sur cette terre désolée, on ne pût régner que par le mal, tant lui seul donnait et ôtait la puissance. Mme de B. n'alla point en prison ; elle fut gardée chez elle, sous prétexte de sa mauvaise santé. Charles, l'abbé et moi, nous restâmes auprès d'elle et nous lui donnions tous nos soins.

Rien ne peut peindre l'état d'anxiété et de terreur des journées que nous passâmes alors, lisant chaque soir, dans les journaux, la condamnation et la mort des amis de Mme de B., et tremblant à tout instant que ses pro-

tecteurs n'eussent plus le pouvoir
de la garantir du même sort. Nous
sûmes qu'en effet elle était au moment de périr, lorsque la mort de
Robespierre mit un terme à tant
d'horreurs. On respira; les gardes
quittèrent la maison de Mme de
B., et nous restâmes tous quatre
dans la même solitude, comme
on se retrouve, j'imagine, après
une grande calamité à laquelle on
a échappé ensemble. On aurait
cru que tous les liens s'étaient
resserrés par le malheur : j'avais
senti que là, du moins, je n'étais
pas étrangère.

Si j'ai connu quelques instans
doux dans ma vie depuis la perte
des illusions de mon enfance, c'est

l'époque qui suivit ces temps dé-
sastreux. Mme de B. possédait au
suprême degré ce qui fait le charme
de la vie intérieure: indulgente et
facile, on pouvait tout dire devant
elle ; elle savait deviner ce que
voulait dire ce qu'on avait dit.
Jamais une interprétation sévère
ou infidèle ne venait glacer la confiance; les pensées passaient pour
ce qu'elles valaient; on n'était responsable de rien. Cette qualité
eût fait le bonheur des amis de
Mme de B. , quand bien même
elle n'eût possédé que celle-là.
Mais combien d'autres grâces n'a-
vait-elle pas encore! Jamais on
ne sentait de vide ni d'ennui dans
sa conversation; tout lui servait

d'aliment : l'intérêt qu'on prend aux petites choses, qui est de la futilité dans les personnes communes, est la source de mille plaisirs avec une personne distinguée ; car c'est le propre des esprits supérieurs, de faire quelque chose de rien. L'idée la plus ordinaire devenait féconde si elle passait par la bouche de Mme de B. ; son esprit et sa raison savaient la revêtir de mille nouvelles couleurs.

Charles avait des rapports de caractère avec Mme de B., et son esprit aussi ressemblait au sien, c'est-à-dire qu'il était ce que celui de Mme de B. avait dû être, juste, ferme, étendu, mais sans modifications ; la jeunesse ne les connaît

pas : pour elle, tout est bien ou
tout est mal, tandis que l'écueil de
la vieillesse est souvent de trouver que rien n'est tout-à-fait bien
et rien tout-à-fait mal. Charles
avait les deux belles passions de
son âge, la justice et la vérité. J'ai
dit qu'il haïssait jusqu'à l'ombre
de l'affectation ; il avait le défaut
d'en voir quelquefois où il n'y en
avait pas. Habituellement con-
tenu, sa confiance était flatteuse;
on voyait qu'il la donnait, qu'elle
était le fruit de l'estime, et non
le penchant de son caractère : tout
ce qu'il accordait avait du prix,
car presque rien en lui n'était in-
volontaire, et tout cependant était
naturel. Il comptait tellement sur

moi, qu'il n'avait pas une pensée qu'il ne me dît aussitôt. Le soir, assis autour d'une table, les conversations étaient infinies : notre vieil abbé y tenait sa place ; il s'était fait un enchaînement si complet d'idées fausses, et il les soutenait avec tant de bonne foi, qu'il était une source inépuisable d'amusement pour Mme de B., dont l'esprit juste et lumineux faisait admirablement ressortir les absurdités du pauvre abbé, qui ne se fâchait jamais ; elle jetait tout au travers de son *ordre d'idées*, de grands traits de bon sens que nous comparions aux grands coups d'épée de Roland ou de Charlemagne.

Mme de B. aimait à marcher ;
elle se promenait tous les matins
dans la forêt de Saint-Germain,
donnant le bras à l'abbé; Charles
et moi nous la suivions de loin.
C'est alors qu'il me parlait de tout
ce qui l'occupait, de ses projets,
de ses espérances, de ses idées
sur tout, sur les choses, sur les
hommes, sur les événemens. Il
ne me cachait rien, et il ne se
doutait pas qu'il me confiât quelque chose. Depuis si long-temps
il comptait sur moi, que mon
amitié était pour lui comme sa
vie ; il en jouissait sans la sentir ;
il ne me demandait ni intérêt ni
attention ; il savait bien qu'en me
parlant de lui, il me parlait de

moi, et que j'étais plus *lui* que lui-même : charme d'une telle confiance, vous pouvez tout remplacer, remplacer le bonheur même!

Je ne pensais jamais à parler à Charles de ce qui m'avait tant fait souffrir; je l'écoutais, et ces conversations avaient sur moi je ne sais quel effet magique, qui amenait l'oubli de mes peines. S'il m'eût questionnée, il m'en eût fait souvenir; alors je lui aurais tout dit : mais il n'imaginait pas que j'avais aussi un secret. On était accoutumé à me voir souffrante; et Mme de B. faisait tant pour mon bonheur, qu'elle devait me croire heureuse. J'aurais dû l'être; je me le disais souvent; je m'accusais d'ingratitude ou de folie; je ne sais si j'aurais osé avouer jusqu'à quel point ce mal sans remède de ma couleur me rendait malheureuse. Il y a quelque chose d'humiliant à ne pas savoir se soumettre à la nécessité: aussi, ces douleurs, quand elles maîtrisent l'ame, ont tous les caractères du désespoir. Ce qui m'intimidait aussi avec Charles, c'est cette tournure un peu sévère de ses idées. Un soir, la conversation s'était établie sur la pitié, et on se demandait si les chagrins inspirent plus d'intérêt par leurs résultats ou par leurs causes. Charles s'était prononcé pour la

cause; il pensait donc qu'il fallait
que toutes les douleurs fussent
raisonnables. Mais qui peut dire
ce que c'est que la raison? est-elle
la même pour tout le monde? tous
les cœurs ont-ils tous les mêmes
besoins? et le malheur n'est-il
pas la privation des besoins du
cœur?

Il était rare cependant que nos
conversations du soir me rame-
nassent ainsi à moi-même; je
tâchais d'y penser le moins que
je pouvais; j'avais ôté de ma
chambre tous les miroirs, je portais toujours des gants; mes vê-
temens cachaient mon cou et mes
bras, et j'avais adopté pour sortir
un grand chapeau avec un voile,

que souvent même je gardais dans la maison. Hélas! je me trompais ainsi moi-même : comme les enfans, je fermais les yeux, et je croyais qu'on ne me voyait pas.

Vers la fin de l'année 1795, la terreur était finie, et l'on commençait à se retrouver ; les débris de la société de M.me de B. se réunirent autour d'elle, et je vis avec peine le cercle de ses amis s'augmenter. Ma position était si fausse dans le monde, que plus la société rentrait dans son ordre naturel, plus je m'en sentais dehors. Toutes les fois que je voyais arriver chez M.me de B. des personnes qui n'y étaient pas encore venues, j'éprouvais un nouveau tourment. L'expression de surprise mêlée de dédain que j'observais sur leur physionomie, commençait à me troubler; j'étais sûre d'être bientôt l'objet d'un aparté dans l'embrasure de la fenêtre, ou d'une conversation à voix basse : car il fallait bien se faire expliquer comment une négresse était admise dans la société intime de Mme de B. Je souffrais le martyre pendant ces éclaircissemens ; j'aurais voulu être transportée dans ma patrie barbare, au milieu des sauvages qui l'habitent, moins à craindre pour moi que cette société cruelle qui me rendait responsable du mal qu'elle seule avait fait. J'étais poursuivie, plusieurs jours de suite , par le souvenir de cette physionomie dédaigneuse ; je la voyais en rêve , je la voyais à chaque instant ; elle se plaçait devant moi comme ma propre image. Hélas ! elle était celle des chimères dont je me laissais obsé-der ! Vous ne m'aviez pas encore appris , ô mon Dieu ! à conjurer ces fantômes ; je ne savais pas qu'il n'y a de repos qu'en vous.

A présent, c'était dans le cœur de Charles que je cherchais un abri ; j'étais fière de son amitié, je l'étais encore plus de ses vertus ; je l'admirais comme ce que je con-naissais de plus parfait sur la terre. J'avais cru autrefois aimer Charles comme un frère ; mais depuis que j'étais toujours souffrante, il me semblait que j'étais vieillie, et que ma tendresse pour lui ressemblait plutôt à celle d'une mère. Une mère, en effet, pouvait seule éprouver ce desir passionné de son bonheur, de ses succès ; j'aurais volontiers donné ma vie pour lui épargner un moment de peine. Je voyais bien avant lui l'impression qu'il produisait sur les autres ; il était assez heureux pour ne s'en pas soucier : c'est tout simple ; il n'avait rien à en redouter, rien ne lui avait donné cette inquiétude habituelle que j'éprouvais sur les pensées des autres ; tout était harmonie dans son sort, tout était désaccord dans le mien.

Un matin, un ancien ami de Mme de B. vint chez elle; il était chargé d'une proposition de mariage pour Charles : Mlle de Thémines était devenue, d'une manière bien cruelle, une riche héritière ; elle avait perdu le même jour, sur l'échafaud, sa famille entière ; il ne lui restait plus qu'une grande tante, autrefois religieuse, et qui, devenue tutrice de Mlle de Thémines, regardait comme un devoir de la marier, et voulait se presser, parce qu'ayant plus de quatre-vingts ans, elle craignait de mourir et de laisser ainsi sa nièce seule et sans appui dans le monde. Mlle de Thémines réunissait tous les avantages de la naissance, de la fortune et de l'éducation; elle avait seize ans; elle était belle comme le jour : on ne pouvait hésiter. Mme de B. en parla à Charles, qui d'abord fut un peu effrayé de se marier si jeune : bientôt il desira voir Mlle de Thémines; l'entrevue eut lieu, et alors il n'hésita plus. Anaïs de Thémines possédait en effet tout ce qui pouvait plaire à Charles; jolie sans s'en douter, et d'une modestie si tranquille, qu'on voyait qu'elle ne devait qu'à la nature cette charmante vertu. Mme de Thémines permit à Charles d'aller chez elle, et bientôt il devint passionnément amoureux. Il me racontait les progrès de ses sentimens : j'étais impatiente de voir cette belle Anaïs, destinée à faire le bonheur de Charles. Elle vint enfin à Saint-Germain ; Charles lui avait parlé de moi ; je n'eus point à supporter d'elle ce coup-d'œil dédaigneux et scrutateur qui me faisait toujours tant de mal : elle avait l'air d'un ange de bonté. Je lui promis qu'elle serait heureuse avec Charles ; je la rassurai sur sa jeunesse, je lui dis qu'à vingt-un ans il avait la raison solide d'un âge bien plus avancé. Je répondis à toutes ses questions : elle m'en fit beaucoup, parce qu'elle savait que je connaissais Charles depuis son enfance ; et il m'était si doux d'en dire du bien, que je ne me lassais pas d'en parler.

Les arrangemens d'affaires re-
tardèrent de quelques semaines la
conclusion du mariage. Charles
continuait à aller chez Mme de
Thémines, et souvent il restait à
Paris deux ou trois jours de suite:
ces absences m'affligeaient, et j'é-
tais mécontente de moi-même,
en voyant que je préférais mon
bonheur à celui de Charles; ce
n'est pas ainsi que j'étais accoutumée à aimer. Les jours où il re-
venait, étaient des jours de fête;
il me racontait ce qui l'avait occupé; et s'il avait fait quelques progrès dans le cœur d'Anaïs, je m'en
réjouissais avec lui. Un jour pourtant il me parla de la manière
dont il voulait vivre avec elle :

« Je veux obtenir toute sa con-
» fiance, me dit-il, et lui donner
» toute la mienne ; je ne lui ca-
» cherai rien, elle saura toutes
» mes pensées, elle connaîtra tous
» les mouvemens secrets de mon
» cœur ; je veux qu'il y ait entre
» elle et moi une confiance comme
» la nôtre, Ourika. » Comme la
nôtre ! Ce mot me fit mal ; il me
rappela que Charles ne savait pas
le seul secret de ma vie, et il m'ôta
le desir de le lui confier. Peu
à peu les absences de Charles
devinrent plus longues ; il n'était
presque plus à Saint-Germain que
des instans ; il venait à cheval pour
mettre moins de temps en chemin,
il retournait l'après-dînée à Paris ;

de sorte que tous les soirs se passaient sans lui. Mme de B. plaisantait souvent de ces longues absences; j'aurais bien voulu faire comme elle !

Un jour, nous nous promenions dans la forêt. Charles avait été absent presque toute la semaine : je l'aperçus tout-à-coup à l'extrémité de l'allée où nous marchions ; il venait à cheval, et très-vîte. Quand il fut près de l'endroit où nous étions, il sauta à terre et se mit à se promener avec nous : après quelques minutes de conversation générale, il resta en arrière avec moi, et nous recommençâmes à causer comme autrefois; j'en fis la remarque. « Comme

» autrefois ! s'écria-t-il ; ah ! quelle
» différence ! avais-je donc quelque
» chose à dire dans ce temps-là? Il
» me semble que je n'ai commencé
» à vivre que depuis deux mois.
» Ourika, je ne vous dirai jamais
» ce que j'éprouve pour elle! Quel-
» quefois je crois sentir que mon
» ame toute entière va passer dans
» la sienne. Quand elle me re-
» garde, je ne respire plus ; quand
» elle rougit, je voudrais me pros-
» terner à ses pieds pour l'adorer.
» Quand je pense que je vais être
» le protecteur de cet ange, qu'elle
» me confie sa vie, sa destinée ;
» ah ! que je suis glorieux de la
» mienne ! Que je la rendrai heu-
» reuse ! Je serai pour elle le père,

» la mère qu'elle a perdus : mais
» je serai aussi son mari, son
» amant ! Elle me donnera son
» premier amour; tout son cœur
» s'épanchera dans le mien; nous
» vivrons de la même vie, et je
» ne veux pas que, dans le cours
» de nos longues années, elle
» puisse dire qu'elle ait passé
» une heure sans être heureuse.
» Quelles délices, Ourika, de
» penser qu'elle sera la mère de
» mes enfans, qu'ils puiseront la
» vie dans le sein d'Anaïs ! Ah !
» ils seront doux et beaux comme
» elle ! Qu'ai-je fait, ô Dieu ! pour
» mériter tant de bonheur ! »

Hélas ! j'adressais en ce moment
au ciel une question toute con-

traire! Depuis quelques instans, j'écoutais ces paroles passionnées avec un sentiment indéfinissable. Grand Dieu! vous êtes témoin que j'étais heureuse du bonheur de Charles : mais pourquoi avez-vous donné la vie à la pauvre Ourika? pourquoi n'est-elle pas morte sur ce bâtiment négrier d'où elle fut arrachée, ou sur le sein de sa mère? Un peu de sable d'Afrique eût recouvert son corps, et ce fardeau eût été bien léger! Qu'importait au monde qu'Ourika vécût? Pourquoi était-elle condamnée à la vie? C'était donc pour vivre seule, toujours seule, jamais aimée! O mon Dieu, ne le permettez pas! Retirez de la terre

la pauvre Ourika ! Personne n'a
besoin d'elle : n'est-elle pas seule
dans la vie ? Cette affreuse pensée
me saisit avec plus de violence
qu'elle n'avait encore fait. Je me
sentis fléchir, je tombai sur les
genoux, mes yeux se fermèrent,
et je crus que j'allais mourir.

En achevant ces paroles, l'op-
pression de la pauvre religieuse
parut s'augmenter; sa voix s'al-
téra, et quelques larmes coulèrent
le long de ses joues flétries. Je
voulus l'engager à suspendre son
récit; elle s'y refusa. « Ce n'est
» rien, me dit-elle ; maintenant le
» chagrin ne dure pas dans mon
» cœur : la racine en est coupée.

» Dieu a eu pitié de moi; il m'a
» retirée lui-même de cet abîme
» où je n'étais tombée que faute
» de le connaître et de l'aimer.
» N'oubliez donc pas que je suis
» heureuse : mais, hélas! ajouta-
» t-elle, je ne l'étais point alors. »

Jusqu'à l'époque dont je viens
de vous parler, j'avais supporté
mes peines ; elles avaient altéré
ma santé, mais j'avais conservé
ma raison et une sorte d'empire
sur moi-même : mon chagrin,
comme le ver qui dévore le fruit,
avait commencé par le cœur; je
portais dans mon sein le germe
de la destruction, lorsque tout
était encore plein de vie au dehors

de moi. La conversation me plaisait, la discussion m'animait; j'avais même conservé une sorte de gaieté d'esprit; mais j'avais perdu les joies du cœur. Enfin, jusqu'à l'époque dont je viens de vous parler, j'étais plus forte que mes peines; je sentais qu'à présent mes peines seraient plus fortes que moi.

Charles me rapporta dans ses bras jusqu'à la maison; là tous les secours me furent donnés, et je repris connaissance. En ouvrant les yeux, je vis Mme de B. à côté de mon lit; Charles me tenait une main; ils m'avaient soignée eux-mêmes, et je vis sur leurs visages un mélange d'anxiété et de douleur qui pénétra jusqu'au fond de mon ame : je sentis la vie revenir en moi ; mes pleurs coulèrent. Mme de B. les essuyait doucement ; elle ne me disait rien, elle ne me faisait point de questions : Charles m'en accabla. Je ne sais ce que je lui répondis ; je donnai pour cause à mon accident le chaud, la longueur de la promenade : il me crut, et l'amertume rentra dans mon ame en voyant qu'il me croyait : mes larmes se séchèrent ; je me dis qu'il était donc bien facile de tromper ceux dont l'intérêt était ailleurs ; je retirai ma main qu'il tenait encore, et je cherchai à paraître tranquille. Charles partit, comme de coutume, à cinq heures; j'en fus blessée; j'aurais voulu qu'il fût inquiet de moi : je souffrais tant! Il serait parti de même, je l'y aurais forcé; mais je me serais dit qu'il me devait le bonheur de sa soirée, et cette pensée m'eût consolée. Je me gardai bien de montrer à Charles ce mouvement de mon cœur; les sentimens délicats ont une sorte de pudeur; s'ils ne sont devinés, ils sont incomplets : on dirait qu'on ne peut les éprouver qu'à deux.

A peine Charles fut-il parti, que la fièvre me prit avec une grande violence; elle augmenta les deux jours suivans. Mme de B. me soignait avec sa bonté accoutumée; elle était désespérée de mon état, et de l'impossibilité de me faire transporter à Paris, où le mariage de Charles l'obligeait à se rendre le lendemain. Les médecins dirent à Mme de B. qu'ils répondaient de ma vie si elle me laissait à Saint-Germain; elle s'y résolut, et elle me montra en partant une affection si tendre, qu'elle calma un moment mon cœur. Mais après son départ, l'isolement complet, réel, où je me trouvais pour la première fois de ma vie, me jeta dans un profond désespoir; je voyais se réaliser cette situation que mon imagination s'était peinte tant de fois; je mourais loin de ce que j'aimais, et mes tristes gémis-semens ne parvenaient pas même à leurs oreilles : hélas ! ils eussent troublé leur joie. Je les voyais s'abandonnant à toute l'ivresse du bonheur, loin d'Ourika mourante. Ourika n'avait qu'eux dans la vie ; mais eux n'avaient pas besoin d'Ourika : personne n'avait besoin d'elle ! Cet affreux sentiment de l'inutilité de l'existence, est celui qui déchire le plus profondément le cœur ; il me donna un tel dégoût de la vie, que je souhaitai sincè-rement mourir de la maladie dont j'étais attaquée. Je ne parlais pas, je ne donnais presque aucun signe de connaissance, et cette seule pensée était bien distincte en moi : *je voudrais mourir*. Dans d'autres momens, j'étais plus agitée ; je me rappelais tous les mots de cette dernière conversation que j'avais eue avec Charles dans la forêt ; je le voyais nageant dans cette mer de délices qu'il m'avait dépeinte, tandis que je mourais abandonnée, seule dans la mort comme dans la vie. Cette idée me donnait une irritation plus pénible encore que la douleur. Je me créais des chimères pour satisfaire à ce nouveau sentiment ; je me représentais Charles arrivant à Saint-Germain ; on lui disait : Elle est morte. Eh bien ! le croiriez-vous ? je jouissais de sa douleur ; elle me vengeait ; et de quoi ? grand dieu ! de ce qu'il avait été l'ange protecteur de ma vie ! Cet

affreux sentiment me fit bientôt
horreur; j'entrevis que si la douleur n'était pas une faute, s'y li-
vrer comme je le faisais pouvait
être criminel. Mes idées prirent
alors un autre cours; j'essayai de
me vaincre, de trouver en moi-
même une force pour combattre
les sentimens qui m'agitaient; mais
je ne la cherchais point cette force
où elle était. Je me fis honte de
mon ingratitude. Je mourrai, me
disais-je, je veux mourir; mais
je ne veux pas laisser les passions
haineuses approcher de mon cœur.
Ourika est un enfant déshérité;
mais l'innocence lui reste : je ne
la laisserai pas se flétrir en moi
par l'ingratitude. Je passerai sur

la terre comme une ombre ; mais dans le tombeau j'aurai la paix. O mon Dieu ! ils sont déjà bien heureux : eh bien ! donnez-leur encore la part d'Ourika, et laissez-la mourir comme la feuille tombe en automne. N'ai-je donc pas assez souffert !

Je ne sortis de la maladie qui avait mis ma vie en danger, que pour tomber dans un état de langueur où le chagrin avait beaucoup de part. Mme de B. s'établit à Saint-Germain après le mariage de Charles ; il y venait souvent, accompagné d'Anaïs, jamais sans elle. Je souffrais toujours davantage quand ils étaient là. Je ne sais si l'image du bonheur me rendait plus sensible ma propre infortune, ou si la présence de Charles réveillait le souvenir de notre ancienne amitié ; je cherchais quelquefois à le retrouver, et je ne le reconnaissais plus. Il me disait pourtant à-peu-près tout ce qu'il me disait autrefois : mais son amitié présente ressemblait à son amitié passée, comme la fleur artificielle ressemble à la fleur véritable : c'est la même chose, hors la vie et le parfum.

Charles attribuait au dépérissement de ma santé le changement de mon caractère ; je crois que M.me de B. jugeait mieux le triste état de mon cœur, qu'elle devinait mes tourmens secrets, et qu'elle en était vivement affligée : mais le temps n'était plus où je consolais les autres ; je n'avais plus pitié que de moi-même.

Anaïs devint grosse et nous retournâmes à Paris : ma tristesse augmentait chaque jour. Ce bonheur intérieur si paisible, ces liens de famille si doux, cet amour dans l'innocence toujours aussi tendre, aussi passionné ; quel spectacle pour une malheureuse destinée à passer sa triste vie dans l'isolement ! à mourir sans avoir été aimée, sans avoir connu d'autres liens que ceux de la dépendance et de la pitié ! Les jours, les mois se passaient ainsi ; je ne prenais à aucune conversation, j'avais abandonné tous mes talens ; si je supportais quelques lectures , c'étaient celles où je croyais retrouver la peinture imparfaite des chagrins qui me dévoraient. Je m'en faisais un nouveau poison , je m'enivrais de mes larmes ; et , seule dans ma chambre pendant des heures entières , je m'abandonnais à ma douleur.

La naissance d'un fils mit le comble au bonheur de Charles ; il accourut pour me le dire , et dans les transports de sa joie je reconnus quelques accens de son ancienne confiance. Qu'ils me firent mal ! Hélas ! ils m'apparaissaient comme le fantôme de l'ami que je n'avais plus, et tout le passé

venait, avec lui, déchirer de nouveau ma plaie.

L'enfant de Charles était beau
comme Anaïs ; le tableau de cette
jeune mère avec son fils touchait
tout le monde : moi seule, par un
sort bizarre, j'étais condamnée à
le voir avec amertume ; mon cœur
dévorait cette image d'un bonheur
que je ne devais jamais connaître,
et l'envie, comme le vautour, se
nourrissait dans mon sein. Qu'a-
vais-je fait à ceux qui crurent me
sauver en m'amenant sur cette
terre d'exil ? Pourquoi ne me lais-
sait-on pas suivre mon sort ? Eh
bien ! je serais la négresse esclave
de quelque riche colon ; brûlée
par le soleil, je cultiverais la terre

d'un autre : mais j'aurais mon humble cabane pour me retirer le soir; j'aurais un compagnon de ma vie, et des enfans de ma couleur, qui m'appelleraient : Ma mère! ils appuieraient sans dégoût leur petite bouche sur mon front; ils reposeraient leur tête sur mon cou, et s'endormiraient dans mes bras! Qu'ai-je fait pour être condamnée à n'éprouver jamais les affections pour lesquelles seules mon cœur est créé! O mon Dieu! ôtez-moi de ce monde; je sens que je ne puis plus supporter la vie.

A genoux dans ma chambre, j'adressais au Créateur cette prière impie, quand j'entendis ouvrir ma porte : c'était l'amie de Mme de B., la marquise de...., qui était revenue depuis peu d'Angleterre, où elle avait passé plusieurs années. Je la vis avec effroi arriver près de moi ; sa vue me rappelait toujours que, la première, elle m'avait révélé mon sort ; qu'elle m'avait ouvert cette mine de douleurs où j'avais tant puisé. Depuis qu'elle était à Paris, je ne la voyais qu'avec un sentiment pénible.

« Je viens vous voir et causer » avec vous, ma chère Ourika, » me dit-elle. Vous savez combien » je vous aime depuis votre en- » fance, et je ne puis voir, sans » une véritable peine, la mélan- » colie dans laquelle vous vous

» plongez. Est-il possible, avec
» l'esprit que vous avez, que vous
» ne sachiez pas tirer un meilleur
» parti de votre situation? — L'es-
» prit, Madame, lui répondis-je,
» ne sert guère qu'à augmenter
» les maux véritables; il les fait
» voir sous tant de formes diverses!
» — Mais, reprit-elle, lorsque les
» maux sont sans remède, n'est-ce
» pas une folie de refuser de s'y
» soumettre, et de lutter ainsi
» contre la nécessité? car enfin,
» nous ne sommes pas les plus
» forts. — Cela est vrai, dis-je;
» mais il me semble que, dans ce
» cas, la nécessité est un mal de
» plus. — Vous conviendrez pour-
» tant, Ourika, que la raison con-

» seille alors de se résigner et de
» se distraire. — Oui, Madame;
» mais, pour se distraire, il faut
» entrevoir ailleurs l'espérance. —
» Vous pourriez du moins vous
» faire des goûts et des occupa-
» tions pour remplir votre temps.
» — Ah! Madame, les goûts qu'on
» se fait sont un effort, et ne sont
» pas un plaisir. — Mais, dit-elle
» encore, vous êtes remplie de
» talens. — Pour que les talens
» soient une ressource, Madame,
» lui répondis-je, il faut se pro-
» poser un but; mes talens seraient
» comme la fleur du poëte anglais[*],
» qui perdait son parfum dans le
» désert. —Vous oubliez vos amis

* Gray.

» qui en jouiraient. — Je n'ai point
» d'amis, Madame ; j'ai des pro-
» tecteurs, et cela est bien diffé-
» rent ! — Ourika, dit-elle, vous
» vous rendez bien malheureuse,
» et bien inutilement. — Tout est
» inutile dans ma vie, Madame,
» même ma douleur. — Comment
» pouvez-vous prononcer un mot
» si amer, vous, Ourika, qui vous
» êtes montrée si dévouée, lors-
» que vous restiez seule à Mme
» de B. pendant la terreur ? —
» Hélas ! Madame, je suis comme
» ces génies malfaisans qui n'ont
» de pouvoir que dans les temps
» de calamités, et que le bonheur
» fait fuir. — Confiez-moi votre
» secret, ma chère Ourika ; ou-

» vrez-moi votre cœur; personne
» ne prend à vous plus d'intérêt
» que moi, et peut-être que je vous
» ferai du bien. — Je n'ai point de
» secret, Madame, lui répondis-je;
» ma position et ma couleur sont
» tout mon mal, vous le savez. —
» Allons donc, reprit-elle, pou-
» vez-vous nier que vous renfer-
» mez au fond de votre ame une
» grande peine? Il ne faut que
» vous voir un instant pour en
» être sûr. » Je persistai à lui dire
ce que je lui avais déjà dit; elle
s'impatienta, éleva la voix; je vis
que l'orage allait éclater. « Est-ce
» là votre bonne foi, dit-elle? cette
» sincérité pour laquelle on vous
» vante? Ourika, prenez-y garde;

» la réserve quelquefois conduit à
» la fausseté.—Eh ! que pourrais-je
» vous confier, Madame, lui dis-je,
» à vous sur-tout qui depuis si
» long-temps avez prévu quel se-
» rait le malheur de ma situation ?
» A vous, moins qu'à personne, je
» n'ai rien de nouveau à dire là-
» dessus. — C'est ce que vous ne
» me persuaderez jamais, répli-
» qua-t-elle : mais puisque vous
» me refusez votre confiance, et
» que vous assurez que vous n'a-
» vez point de secret, eh bien !
» Ourika, je me chargerai de vous
» apprendre que vous en avez un.
» Oui, Ourika, tous vos regrets,
» toutes vos douleurs ne viennent
» que d'une passion malheureuse,

I

» d'une passion insensée ; et si
» vous n'étiez pas folle d'amour
» pour Charles , vous prendriez
» fort bien votre parti d'être né-
» gresse. Adieu, Ourika, je m'en
» vais, et, je vous le déclare, avec
» bien moins d'intérêt pour vous
» que je n'en avais apporté en ve-
» nant ici. » Elle sortit en achevant ces paroles. Je demeurai
anéantie. Que venait-elle de me
révéler ! Quelle lumière affreuse
avait-elle jetée sur l'abîme de mes
douleurs ! Grand Dieu ! c'était
comme la lumière qui pénétra
une fois au fond des enfers, et
qui fit regretter les ténèbres à ses
malheureux habitans. Quoi ! j'a-
vais une passion criminelle ! c'est

elle qui, jusqu'ici, dévorait mon cœur! Ce desir de tenir ma place dans la chaîne des êtres, ce besoin des affections de la nature, cette douleur de l'isolement, c'étaient les regrets d'un amour coupable, et lorsque je croyais envier l'image du bonheur, c'est le bonheur lui-même qui était l'objet de mes vœux impies! Mais qu'ai-je donc fait pour qu'on puisse me croire atteinte de cette passion sans espoir? Est-il donc impossible d'aimer plus que sa vie avec inno-cence? Cette mère qui se jeta dans la gueule du lion pour sauver son fils, quel sentiment l'animait? Ces frères, ces sœurs qui voulurent mourir ensemble sur l'échafaud, et

qui priaient Dieu avant d'y mon-
ter, était-ce donc un amour coupable qui les unissait? L'humanité
seule ne produit-elle pas tous les
jours des dévouemens sublimes?
Pourquoi donc ne pourrais-je aimer ainsi Charles, le compagnon
de mon enfance, le protecteur de
ma jeunesse?.... Et cependant je
ne sais quelle voix crie au fond
de moi-même qu'on a raison, et
que je suis criminelle. Grand
Dieu! je vais donc recevoir aussi
le remords dans mon cœur désolé!
Il faut qu'Ourika connaisse tous
les genres d'amertume, qu'elle
épuise toutes les douleurs! Quoi!
mes larmes désormais seront cou-
pables! il me sera défendu de

penser à lui ! quoi ! je n'oserai plus souffrir !

Ces affreuses pensées me jetèrent dans un accablement qui ressemblait à la mort. La même nuit, la fièvre me prit, et, en moins de trois jours, on désespéra de ma vie : le médecin déclara que, si l'on voulait me faire recevoir mes sacremens, il n'y avait pas un instant à perdre. On envoya chercher mon confesseur ; il était mort depuis peu de jours. Alors M.me de B. fit avertir un prêtre de la paroisse ; il vint et m'administra l'extrême - onction, car j'étais hors d'état de recevoir le viatique ; je n'avais aucune connaissance, et on attendait ma mort

à chaque instant. C'est sans doute
alors que Dieu eut pitié de moi;
il commença par me conserver la
vie : contre toute attente, mes
forces se soutinrent. Je luttai ainsi
environ quinze jours; ensuite la
connaissance me revint. Mme de
B. ne me quittait pas, et Charles
paraissait avoir retrouvé pour moi
son ancienne affection. Le prêtre
continuait à venir me voir chaque
jour, car il voulait profiter du premier moment pour me confesser :
je le desirais moi-même; je ne sais
quel mouvement me portait vers
Dieu, et me donnait le besoin de
me jeter dans ses bras et d'y chercher le repos. Le prêtre reçut l'a-
veu de mes fautes : il ne fut point

effrayé de l'état de mon ame ;
comme un vieux matelot, il con-
naissait toutes ces tempêtes. Il
commença par me rassurer sur
cette passion dont j'étais accu-
sée : « Votre cœur est pur, me
» dit-il : c'est à vous seule que vous
» avez fait du mal ; mais vous n'en
» êtes pas moins coupable. Dieu
» vous demandera compte de votre
» propre bonheur qu'il vous avait
» confié ; qu'en avez-vous fait ? Ce
» bonheur était entre vos mains,
» car il réside dans l'accomplisse-
» ment de nos devoirs ; les avez-
» vous seulement connus ? Dieu
» est le but de l'homme : quel a
» été le vôtre ? Mais ne perdez pas
» courage ; priez Dieu, Ourika :

» il est là, il vous tend les bras ; il
» n'y a pour lui ni nègres ni blancs :
» tous les cœurs sont égaux devant
» ses yeux, et le vôtre mérite de
» devenir digne de lui. » C'est ainsi
que cet homme respectable en-
courageait la pauvre Ourika. Ces
paroles simples portaient dans
mon ame je ne sais quelle paix
que je n'avais jamais connue ; je
les méditais sans cesse, et, comme
d'une mine féconde, j'en tirais toujours quelque nouvelle réflexion.
Je vis qu'en effet je n'avais point
connu mes devoirs : Dieu en a pres-
crit aux personnes isolées comme à
celles qui tiennent au monde ; s'il
les a privées des liens du sang,
il leur a donné l'humanité toute

entière pour famille. La sœur de
la charité, me disais-je, n'est point
seule dans la vie, quoiqu'elle ait
renoncé à tout ; elle s'est créé une
famille de choix ; elle est la mère
de tous les orphelins, la fille de
tous les pauvres vieillards, la
sœur de tous les malheureux. Des
hommes du monde n'ont-ils pas
souvent cherché un isolement volontaire? Ils voulaient être seuls
avec Dieu ; ils renonçaient à tous
les plaisirs pour adorer, dans la
solitude, la source pure de tout
bien et de tout bonheur; ils tra-
vaillaient, dans le secret de leur
pensée, à rendre leur ame digne
de se présenter devant le seigneur.
C'est pour vous, ô mon Dieu! qu'il

est doux d'embellir ainsi son cœur, de le parer, comme pour un jour de fête, de toutes les vertus qui vous plaisent. Hélas! qu'avais-je fait? Jouet insensé des mouvemens involontaires de mon ame, j'avais couru après les jouissances de la vie, et j'en avais négligé le bonheur. Mais il n'est pas encore trop tard; Dieu, en me jetant sur cette terre étrangère, voulut peut-être me prédestiner à lui; il m'arracha à la barbarie, à l'ignorance, par un miracle de sa bonté; il me déroba aux vices de l'esclavage, et me fit connaître sa loi. Cette loi me montre tous mes devoirs; elle m'enseigne ma route : je la suivrai, ô mon Dieu! je ne me servirai plus de vos bienfaits pour vous offenser, je ne vous accuserai plus de mes fautes.

Ce nouveau jour sous lequel j'envisageais ma position fit rentrer le calme dans mon cœur. Je m'étonnais de la paix qui succédait à tant d'orages : on avait ouvert une issue à ce torrent qui dévastait ses rivages, et maintenant il portait ses flots apaisés dans une mer tranquille.

Je me décidai à me faire religieuse. J'en parlai à Mme de B. ; elle s'en affligea, mais elle me dit : « Je vous ai fait tant de mal en » voulant vous faire du bien, que » je ne me sens pas le droit de » m'opposer à votre résolution. »

Charles fut plus vif dans sa résistance ; il me pria, il me conjura de rester ; je lui dis : Laissez-moi aller, Charles, dans le seul lieu où il me soit permis de penser sans cesse à vous.........

Ici la jeune religieuse finit brusquement son récit. Je continuai à lui donner des soins : malheureusement ils furent inutiles ; elle mourut à la fin d'octobre ; elle tomba avec les dernières feuilles de l'automne.

FIN.